16 55 2310

OUI OU NON

Pamphlet d'un jour.

MONTBRISON,

IMPRIMERIE DE BERNARD, LIBRAIRE.

Décembre 1851.

OUI OU NON.

OUI OU NON.

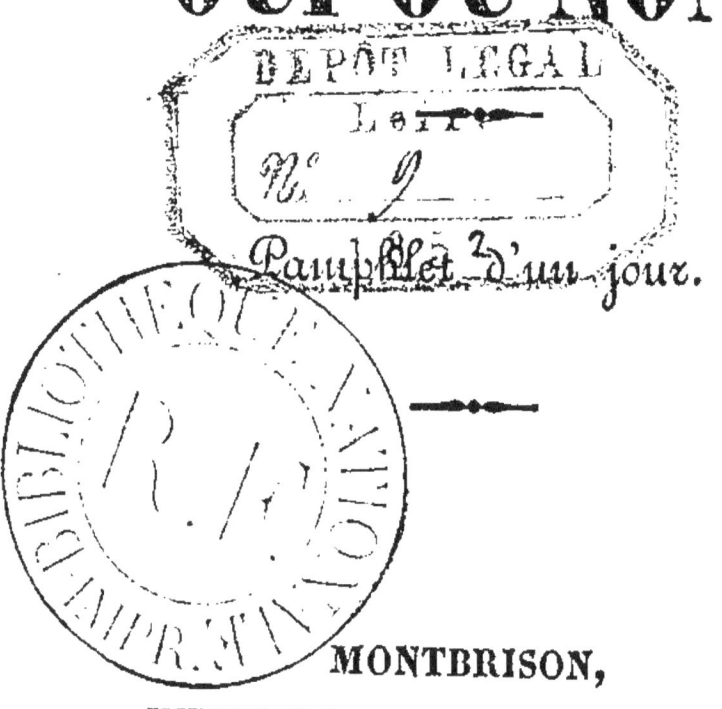
Pamphlet d'un jour.

MONTBRISON,
IMPRIMERIE DE BERNARD, LIBRAIRE,

Décembre 1851.

1852

rologue.

— · —

Le titre indique la valeur de l'ouvrage, non celle de l'idée, qui n'est pas d'un jour seulement, mais de tous les moments et de tous les jours. Qu'on ne se méprenne point sur mes intentions. Je n'ai été *provoquant* que des méditations et des recherches des hommes sérieux. Je les supplie d'y aviser. Il s'agit de l'avenir de tous, que chacun nous portons dans nos mains. L'occasion est petite, mais la fin est grande. Meure l'auteur, et vive la vérité ! *Nemo autem contentus abibit quia est veritas.*

Aux Légitimistes.

———◦——

I.

Pardonnez au plus humble des vôtres, s'il ose vous dire à la dérobée et au pas de course des événements, quelques vérités très simples et par conséquent très ignorées.

Gloire au siècle des lumières ! Nous sommes tous de forts doctes personnages, étudiant gravement et à fond les plus minces billevesées.

Mais quand à la vraie science, celle de tous les âges, de tous les hommes, de tous les faits, celle qui doit éclairer toute la pratique de la vie, point n'est le temps de s'en occuper.

Il faut que le premier venu la ra-
masse en courant, et la jette à croix
ou pile sur la foule.

II.

Mes maîtres honorés, vous savez
toute chose ; mais vous ne savez point
ce que vous êtes. Voilà soixante ans
que vous avez passés sans l'appren-
dre, et au train dont marche votre
éducation, vous serez longtemps encore avant d'avoir acquis cete pré-
cieuse connaissance.

Vous croyez être légitimistes, parce
qu'un prince est à l'étranger, et qu'il
faut par tous les moyens possibles,
remettre ce prince sur le trône.

Si tout se bornait là, il n'y aurait
pas de quoi être bien fiers. Vous se-
riez de simples partisans peu favo-
risés de la fortune. Heureusement
que vous valez infiniment mieux que
cela.

III.

Vous êtes légitimistes, parce que vous êtes les héritiers d'une vertu qui depuis huit cents ans, courbe sous la loi égale du devoir des hommes de tous rangs, de tous pays, de mœurs et d'inclinations diverses; d'une vertu qui a permis à la royauté de s'asseoir, de durer, de faire le sol et la grandeur de la France; d'une vertu qui jusqu'à ces jours-ci nous a fait vivre nous-mêmes, en nous servant quelques reliefs substantiels du passé, au milieu des rogatons frelatés du présent.

Cette vertu n'est rien autre chose que l'humilité de l'esprit et la bonne volonté du cœur.

IV.

Vous pensez que Dieu a mis dans votre alliance avec une race de princes quelque autre vertu mystérieuse et particulière, un spécifique unique pour le salut et la conservation des Etats.

Il n'en est rien. Dieu qui respecte notre liberté, ne laisse s'exercer dans l'ordre moral qu'un seul genre de vertus, celles qui sont le fruit de notre propre volonté aidée de sa grâce, celles qui font les bonnes mères de familles et les bons citoyens, la bonne conduite et la bonne politique.

Tant que ces vertus ont été maîtresses en France, la légitimité a été grande et prospère. Quand elles sont tombées en minorité, la légitimité est tombée du trône.

Si elles ne sont point revenues, ne vous agitez pas pour l'y faire remonter. Vous perdriez votre peine, et risqueriez fort d'aggraver le mal de la société.

Mais soyez tranquilles. Sitôt qu'elles reviendront, elles ramèneront elles-mêmes par la main la légitimité dont elles ne peuvent se détacher, parce que la règle est l'origine du bien.

Gardez-vous donc d'être des hommes de parti, et contentez-vous d'être des hommes de vertu.

V.

Hier encore, vous vous disputiez à savoir quel expédient valait mieux, de la voie parlementaire, de l'appel au peuple, ou de l'appel du peuple pour arriver à quoi? Vous en rendez-vous compte?

A faire adopter et pratiquer les vertus en l'absence desquelles la légitimité ne sera jamais rappelée, et par conséquent jamais accueillie ni conservée.

Vous voyez qu'en vous abaissant au rang des partis politiques vous perdez toute votre supériorité, toute votre raison. Vous n'êtes plus que des enfants, et qui pis est, peut-être des enfants terribles.

Vous parlez toujours de votre principe. Je vais vous dire où il est.

VI.

Deux principes, ni plus ni moins, se disputent l'empire de ce monde : l'humilité et l'orgueil, l'ange et le démon. Vous êtes nécessairement du parti de l'un ou de l'autre.

Si de l'orgueil ; vous êtes des fantaisistes vulgaires, vous avez toute liberté de faire ce qui vous plaît, le succès seul vous jugera. Seulement ne vous vantez pas de valoir mieux que les autres et de pouvoir davantage pour le salut commun.

Si de l'humilité; prenez garde à votre premier mouvement, et défiez-vous de vous-mêmes.

Vous n'acquerrez de la valeur que précisément parce que vous êtes plus prudents, plus circonspects, plus ennemis de toute présomption et de toute impatience, plus dévoués au bien général, plus dégagés de tout intérêt particulier.

Vous devenez supérieurs aux autres par là seulement qu'en tant qu'hommes, vous vous tenez pour plus faibles, plus dénués de sagesse, plus exposés à l'erreur.

Vous montez au-dessus des partis de toute la hauteur des folies et des ambitions humaines que vous foulez aux pieds.

Mais alors vous ne vous appuyez pas sur votre propre force, et vous n'êtes pas un parti.

VII.

Vous êtes catholiques en politique comme en religion, c'est-à-dire représentants de l'idée universelle, défenseurs des intérêts généraux, soldats de la patrie ou du monde.

Les événements ne vous touchent que par leur grand côté, celui qui regarde toute la France ou toute l'humanité.

Mais l'unité? l'unité sera votre vertu. Avez-vous peur qu'elle ne vous distingue pas assez?

VIII.

Promettez-moi de ne pas vous scandaliser de ce que je vais vous dire.

Vous croyez de bonne foi que le salut de la France est attaché à votre réussite comme parti politique. Ce n'est pas tout à fait cela.

Le salut de la France est attaché à la pratique des vertus publiques dont jusqu'à présent vous lui avez donné l'exemple. Voilà tout.

En ne mettant pas la main sur le gouvernement, vous pouvez la sau-ver aussi bien, je dirais presque, mieux; car il y a plus d'occasion d'exercer la vertu en bas qu'en haut, et la pratique en est ainsi plus con-tagieuse.

IX.

Force était de s'attaquer aux idées, avant de s'en prendre aux faits que l'on est appelé à juger.

Car tous nos jugements sur les faits dépendent de nos idées préconçues, ou comme on dit très exacte-ment, de notre manière de voir.

C'est donc notre manière de voir qu'il faut d'abord prendre en main, soigneusement examiner, fourbir et ajuster avant de l'appliquer.

X.

Maintenant venons aux faits. Si j'ai gagné quelque chose, nous les aborderons avec beaucoup plus de modération, de retenue, je serais tenté de dire *de politesse* que nous n'en mettons d'ordinaire dans nos rapports avec eux.

Individus ou partis, nous nous emportons comme des enfants quand les faits éclatent en contrariant nos idées.

Ces manières tiennent de l'orgueil. Nous n'avons point le droit de traiter ainsi les évènements sans façon. Nous leur devons plus de respect.

Les faits ne sont pas uniquement

de l'homme. La Providence tend le canevas sur lequel il vient seulement apporter ses couleurs.

Vous pensez bien que Dieu n'est guère ému des grands projets ou des grandes folies des hommes.

Il poursuit sa marche à travers les vaines agitations de l'humanité, et les faits caractéristiques sont comme les empreintes de ses pas.

XI.

Un autre côté par lequel les faits méritent notre sérieuse considération, c'est qu'ils nous donnent assez exactement la loi du possible, grande loi ici bas.

La faiblesse de l'humanité est comme une barrière qui va et vient devant nous.

Quand nous la rencontrons, notre

devoir est de nous arrêter; il n'y a que l'entraînement de la passion, et l'aveuglement de l'intérêt particulier qui puissent essayer de la franchir.

XII.

Jusqu'à présent les faits vous ont surpris, et se sont heurtés violemment contre vous. Cela ne m'étonne pas.

Vous aviez méconnu les forces diverses qui s'agitent dans le monde. Vous vous faisiez de la société un idéal beaucoup trop simple et trop absolu. Vous alliez croire qu'elle était faite pour vous, au lieu de croire simplement ce qui est la vérité qu'elle a été faite par vous, et vous étiez sur le point d'oublier qu'on ne triomphe du mal que par l'abnégation et le dévoûment.

Vous vous présentiez devant les faits comptant les arrêter par votre propre force. Ils vous frappaient en pleine poitrine et vous jetaient à terre. Ce ne pouvait être autrement.

Si vous faites de même aujourd'hui, vous aurez même fin.

XIII.

Songez donc que le fils de Dieu lui-même, quand il est venu sur la terre, n'a pas essayé de briser les faits humains qu'il a trouvés devant lui.

Il s'est soumis à eux ne leur opposant que ses vertus, et peu à peu ces vertus ont assoupli les faits, les ont pétris comme de la cire molle, les ont transformés à leur image, et ont fait le monde chrétien.

Je n'ai pas le temps de vous donner beaucoup de raisons. Mais il

me paraît que c'est là un exemple
qui vaut la peine d'être imité. Prenez cette voie, je vous garantis au
bout le plus noble et le plus généreux
succès.

XIV.

Que vous demande-t-on? de tolé-
rer un fait qui s'est emparé de la
société et contre lequel il n'y a plus
à revenir.

Il occupe la place. Vous pouvez
le taquiner, susciter des embarras;
qu'y gagnerez-vous? Le supprimer
vous est parfaitement impossible.

Mais son origine? Au point où en
est la question, je le dis nettement,
son péché originel ne retombe pas
sur nous.

Aucune responsabilité ne nous en
revient. C'est une question qui se

videra entre Louis-Napoléon et la Providence.

Je ne forme qu'un vœu du plus profond de mon cœur, c'est qu'à force de faire le bien, il obtienne d'être absous par elle.

XV.

Sans aucun doute elle a une grande et périlleuse mission à lui confier.

Ecoutez : cette société se mourait. Tous les jours le mal faisait des progrès effrayants. Cette hideuse gangrène qui pourrit les extrémités, gagnait de proche en proche. Encore quelque temps d'un gouvernement si habilement pondéré, et nous nous serions disputé un cadavre.

Cette triste fin aurait été la juste peine de notre folie.

XVI.

Il y a quarante ans bientôt que nous nous efforçons avec une admirable émulation de nous aveugler tous au point de croire que la société peut vivre sans être gouvernée.

Nous tâchons de nous abêtir suffisamment pour demeurer convaincus que les enfants sont de |pair avec les hommes faits. Que dis-je, les philosophes du suffrage universel prétendent qu'ils leur sont incontestablement supérieurs, et que c'est à eux qu'il faut remettre le maniement des affaires de ce monde.

XVII.

Dieu qui ne veut pas notre perte, nous arrête sur cette pente fatale.

Il lui a plu, sans nous consulter,

de mettre une pierre sous la roue qui nous entraînait dans l'abîme.

Est-il sage de cogner contre cette pierre, et de la faire glisser, si point elle n'est solide? Est-il sage, est-il urgent de l'appuyer? C'est toute la question.

Épilogue.

I.

Veuillez comprendre cette parole : la fidélité politique est la religion de la seconde majesté.

Cette religion accomplit vis-à-vis de l'ordre politique, le même rôle que remplit à l'égard de l'ordre civil la religion divine.

Toutes deux, sans qu'on s'en aperçoive, portent sur leurs épaules le poids dont il semble que soit seule chargée la capacité humaine.

II.

Les libres penseurs et les libres viveurs ne se doutent guère de quelle indispensable utilité leur sont ces gens religieux dont ils s'amusent.

C'est à eux et à eux seulement qu'ils doivent de pouvoir être libres. En vérité ils sont bien ingrats.

Si les libres viveurs venaient pour leur malheur à être seuls dans la société civile, celle-ci, en dépit de la législation la plus habile, serait au bout de six mois bouleversée de fond en comble, et toute liberté aurait disparu dans une sauvage anarchie.

De même en politique si tout le champ avait pu être occupé par les libres penseurs, il y a longtemps que ceux-ci ne penseraient plus, n'écriraient plus, ne parleraient plus librement.

Le toit hospitalier qui les abrite, se serait abîmé sur eux, et la liberté de penser aurait pris son vol vers des cieux plus cléments.

III.

L'ordre civil ne s'occupe de la religion qu'avec un peu de défiance et pour lui faire strictement sa part; de peur sans doute qu'elle ne cherché à s'emparer de ce qui appartient à d'autres.

Vraiment il est bien bon de lui faire place, et elle ne doit pas être exigeante; car tout est à elle et tout est par elle. Jamais ordre civil ne s'est constitué que par la religion, ne s'est soutenu et n'est tombé qu'avec elle.

Il en est exactement ainsi en politique. C'est le peu qui reste de foi qui porte et tient debout tout notre édifice actuel.

C'est ce peu qui permet aux accidents de se succéder sans entrainer la ruine totale.

C'est grâce à ce peu que la forme change sans emporter le fonds.

Et cette foi n'est rien, sinon un acte d'humilité et d'abnégation personnelle.

XAVIER DE QUIRIELLE.

0